Arezu Weitholz

Merry Fishmas

Vierundvierzig Fischgedichte
fürs Fest

Mit Illustrationen der Autorin

Deutscher Taschenbuch Verlag

Von Arezu Weitholz ist im
Deutschen Taschenbuch Verlag erschienen:
Mein lieber Fisch (14110)

**Ausführliche Informationen
über unsere Autoren und Bücher
finden Sie auf unserer Website
www.dtv.de**

MIX
Papier aus verantwortungsvollen Quellen
FSC® C019821

2012
Deutscher Taschenbuch Verlag GmbH & Co. KG,
München

Umschlagkonzept: Balk & Brumshagen
Umschlag- und Innenillustrationen: Arezu Weitholz
Druck und Bindung: C.H. Beck, Nördlingen
Gedruckt auf säurefreiem, chlorfrei gebleichtem Papier
Printed in Germany · ISBN 978-3-423-14169-7

Merry Fishmas

IM AQUARIUM

Neulich im Aquarium
da schwammen viele Fische rum
sie wollten raus, ich wollte rein
vergeblich wars – da ging ich heim

BAUMREIM

Advent, Advent, dein Fischlein brennt

erst eins,

dann zwei,

dann drei,

dann vier

– komm, wir essen heut bei mir!

ER WOLLTE BEINE

Der Urfisch wollte Beine
nur fand er leider keine
So wünscht er sich vom Weihnachtsmann
was, womit man laufen kann
Doch unterm Tannenbaum, was liegt da?
– ein Paar himmelblaue Sneaker

AN DEN BODENSEE

Wo die wilden Blumen blühn
wo Felchen und Elritzen winken
wo die Abendwolken glühn
und des Nachts Irrlichter blinken
Wo Wellen schlagen sanft den Zeh
– da hängt dein Fuß im Bodensee

FISCHSTÄBCHEN I

In Japan macht man – sapperlot –
immer noch die Wale tot
doch könnten Wale aua sagen –
Japaner würden Trauer tragen

DIE ANGST DER BRASSE

Sie überwand die Scheu vor Aalen
stellte gar das Stottern ein
und die Furcht vor großen Walen
kriegte sie bald nicht mehr klein
Es blieb jedoch das ganze Leben
eine Angst der Brasse treu
Haie? Angeln? Ach, von wegen!
Sie war wa wa wasserscheu

DER DÖBEL

Was hat der Döbel schon gesehen:
Badehosen, Busen, Zehen
Alditüten, Hühnerbeine
Kaffeebecher, Krankheitskeime
Felsen, Käscher, Kies und Reusen
Münzen, Präser, Sand und Schleusen
Regenwürmer, halb ersoffen
Suppendosen, zu und offen
Ruder und Motorenschrauben
Bild am Sonntag, Chips und Trauben
Shampoo und Benzinkanister
– nur Schwanenfesseln, die vermisst er

Schatz, der Döbel ist in der Wand. Und jetzt?

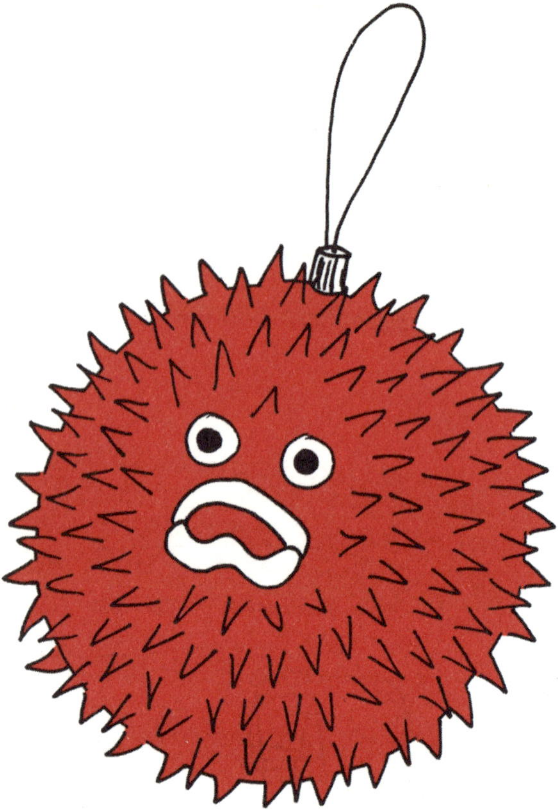

Der Pufferfisch sich nett benahm
außer wenn Knecht Ruprecht kam.

VERLIEBT IN EINEN FISCH

Er redet nicht so gerne
viel lieber hört er zu
hat Augen wie zwei Sterne
die sagen: Du, nur du!
Oft taucht er ab nach irgendwo
so schnell kannst gar nicht gucken
ich finde das auch richtig so
immer dies Zusammenglucken!

Er hat ja soviel Taktgefühl
vor allem, wenn er mich mal küsst
Empfindsamkeit, die macht ihn kühl
ich weiß, wie er in Wahrheit ist

Er kennt sich aus im weiten Meer
er ist auch hochbegabt
kein Wunder fällt ihm Fischsein schwer
was ihr nur alle habt!

Die Schuppen, nee, sie stören nicht
nur manchmal etwas kalt
das alles fällt nicht ins Gewicht:
Ich bin in ihn verknallt

FISCHLIEBE

Willst du die Liebe einer Quappe
halt am Ufer deine Klappe
Willst du die Gunst der Ukelei
tu, als wärs dir einerlei
Willst du rühren eine Zährte
red sie an mit Hochverehrte
Willst du das Herz von einem Wal
sing ein Lied, und gleich noch mal
Willst du die Freundschaft der Elritze
treib die Würmer auf die Spitze

Doch willst du einen Kuss vom Schneider
kriegst du nasse Füße, leider

FISCHVERKEHR

In einem tiefen Meeresgrund
da blühten alle Seelen
Korallen, Fische, Quallen und
Seesterne und Garnelen

Und es kamen immer mehr
und alle blieben da
das gab ne Menge Fischverkehr
wo vorher Leere war

Obacht! Weg da! Passt doch auf!
hörte man sie schrein
Schwimmense doch bitte rauf!
Au, sind Sie gemein!

Sie Flossenkopp, Sie, hörnse mal
Sie können hier nicht stehn!
Ou, Himmel, beinah hätts geschuppt
na, hamse das gesehn?

Das Durcheinander war perfekt
chaotisch, aber dann
hat ein gestreifter Fisch entdeckt
wie man es regeln kann:

Rechts vor Links und Grün vor Gelb
und Wal hat immer Recht
Oben sinkt und unten hält
man dann, sonst geht es schlecht

Streifen lassen Punkte vor
Rot bleibt immer stehn
und wer keine Farbe hat
der soll sich eine nehm

Ein Papageienfisch ist nu
als Ampel installiert
und nachts macht er die Augen zu
damit auch nichts passiert

Und keiner brüllt und keiner schreit
und keiner pöbelt rum
sie gleiten hin wie selbstbefreit
denn Fischverkehr ist stumm

FISCHSTÄBCHEN II

Hätt der Sägefisch ne Säge und der Degenfisch ein Beil

würd der Angler überlegen, ob er angelt, Petri Heil!

THE FISHFAIRY

The fairy said once to the fish
You're very sad, now here's a wish
The fish then to the fairy sings
I wish I had a pair of wings
The fairy gave him wood and strings
and now he flies on a pair of swings

DEM FISCHER SIN FRU

Dem Fischer sin Fru
hört ihm nie zu
Er sagt: die Schot!
Sie beißt ins Brot
Er ruft: die Fock!
Sie lupft den Rock
Er brüllt: Pass auf!
Sie reibt sich ein
Er sieht hinauf
Sie fällt hinein

DREI HAIKU

1. Der Hai-Haiku

Der Hai hat Hunger
die Fische wollen leben
welch ein Dilemma!

2. Der Hai und die Kuh

Ein Hai kam an Land
er sah eine dicke Kuh
da biss er fest zu

3. Die Haikuh

Der Hai schlief allein
eigentlich war ihm das Recht
der Haikuh ja auch

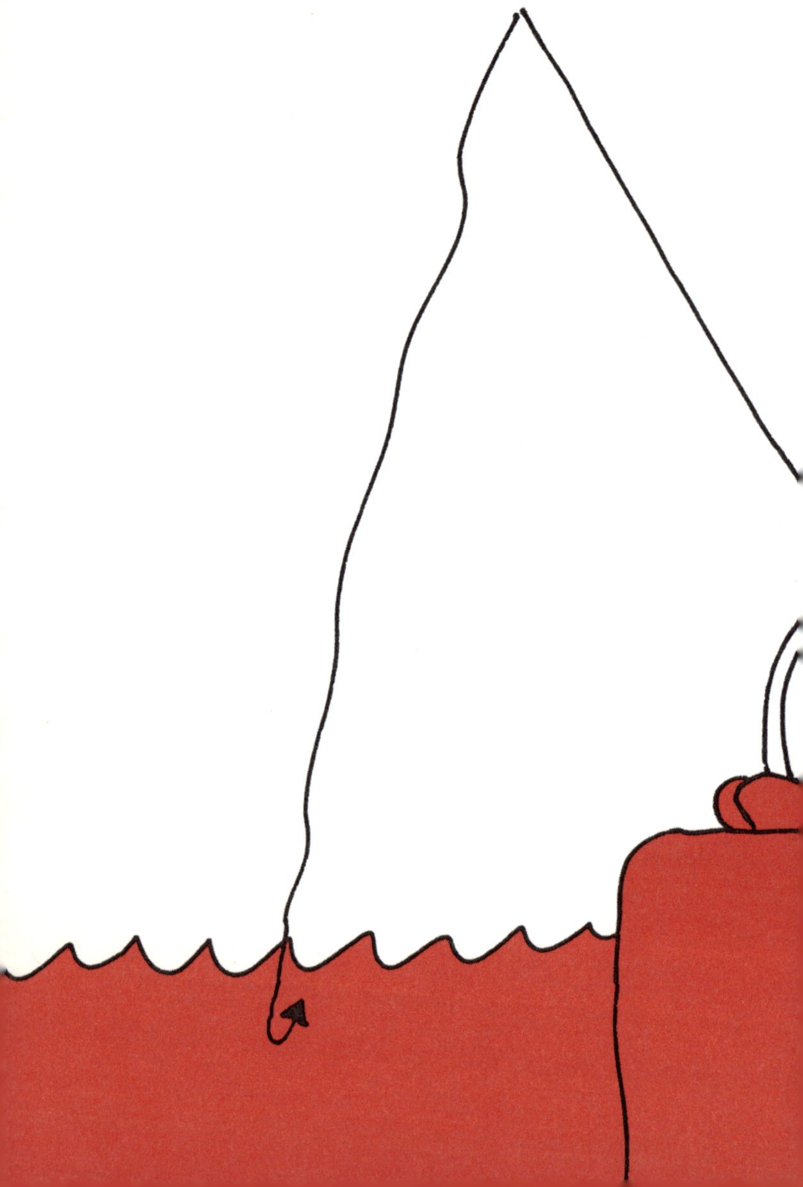

Beißen Sie?

Beißen sie wieder?

HEILIGNACHT

Jedes Jahr zum Fest der Liebe
begab es sich zu seiner Zeit
dass ein heller Stern da bliebe
nachts am schwarzen Himmelskleid

Leise schweigen die Karauschen
still zieht eine Prozession
Königskarpfen, und wir lauschen
einer Wiege Engelston

Drinnen ruht ein winzig klein
liebes gutes Fischelein
Bald, so raunen hundert Engel
wird auch aus dir ein Fischebengel

Der Güster

Nach der Predigt Heilignacht
gehn alle schnell nach Haus

Nur der Küster nicht, der macht
wie stets die Lichter aus

Jingle Wels

Musik: James Lord Pierpont
Test: Anette Weitholz und Udo Schöbel

Jingle Wels, Jingle Wels singt der Oz-e-an dem
Wels gefällts, dem Wels gefällts weil er jetzt bim-meln kann oh
Jingle Wels, Jingle Wels klingt es in der Flut und
alle Fische sind im Glück weils fröh-lich bim-meln tut

JINGLE WELS

Ein Glöckchen fiel ins Meer
und sank tief auf den Grund
da kam ein dicker Wels daher
und nahm es in den Mund

Und als der Wellenschlag
die kleine Schelle traf
da macht sie leise Pingpingping
und Klingelingeling

Oh, Jingle Wels, Jingle Wels
singt der Ozean
Dem Wels gefällts, dem Wels gefällts
weil er jetzt bimmeln kann

Oh, Jingle Wels, Jingle Wels
klingt es in der Flut
Und alle Fische sind im Glück
weils fröhlich bimmeln tut

Unterwasser hört man nichts
der Fisch hats meistens still
das ist der Grund, warum der Fisch
es immer bimmeln lassen will

Und wer sich mal gewundert hat
warum ein Fisch nicht fliegt
Sonnenklar, er sucht am Meeresgrund
ob da nicht noch ein Glöckchen liegt

EIN KARPFEN AN NEUJAHR

Ein Karpfen hatte Kummer
und wusste nicht warum
So warf er seine Sorgen
in einen Liter Rum

Jetzt hat er einen Kater
und weiß genau warum
Sorgen können ertrinken
und kommen doch nicht um

KARPFEN BLAU

Ein Gin und dann vier Bier und Sekt
zwischendurch Likörkonfekt
darauf einen Chevas Regal
in der Bar am Meeresspiegel
Whisky on the Rocks? Na, einen
Bommerlunder? Einen kleinen
Ach, die Bowle ist mit Bols?
Und mit Rum? Der Teufel hols!
Gibt es hier wohl auch Pernod?
Nein? Dann bitte nen Merlot!
Und nach zehn Burgunder grau
war der Karpfen endlich blau

DIE KÄRPFIN AUS DEM WÖRTERSEE

(für Robert Gernhardt)

Der Karpfenkiller hockt am Teich
die Kärpfin ist vor Angst ganz bleich
das, was ihr droht, weiß sie genau
ein roher Tod als Kärpfin blau
doch jetzt, da fährtse aus der Haut
sie wird zur Killerkarpfenbraut –
der Karpfenkiller sitzt und schaut
die Killerkärpfin um sich haut
der Karpfenkiller ist bald nass
Die Killerkärpfin lacht sich was

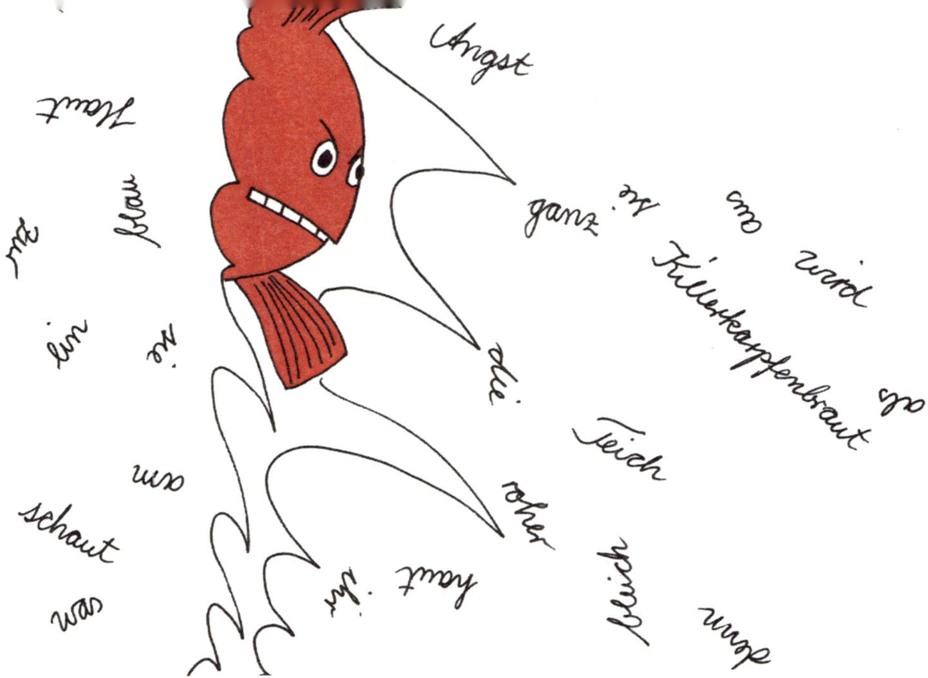
Angst
ganz
sie
aus
wird
Killerkarpfenbraut
als
die
Teich
roher
bleich
denn
haut
ihr
am
schaut
was
sie
ein
blau
zur
Haut

DIE KLASSENFAHRT

Dunkel wirds und dumpfes Brummen
durch den Bauch des Schiffes zieht
Möwen, Menschen, sie verstummen
und die Wärme langsam flieht

Kommen wir jetzt in den Himmel?
Warum ist es hier so kalt?
Ruhe, hört ihr nicht die Bimmel?
Der Weihnachtsmann, er kommet bald!

Ach, wir sind schon lang verschieden
das hier muss die Hölle sein
so hats Dante aufgeschrieben!
Ich hab Hunger! Ich will heim!

Redet bitte keinen Scheiß
ruft da ne Nordseekrabbe hart
gut, die Betten sind aus Eis
das ist so auf ner Klassenfahrt!

Und dann waren alle leise
froren bis nach Bremen rein
und sie landeten als Speise
auf dem Tisch im Schullandheim

DER KNURRHAHN IN AUSTRALIEN

Ein Knurrhahn aus dem Skagerak
den nervte seine Heimat doll
die Nachbarn warn ein ödes Pack
das Wetter mies, die Damen oll

Er zog weit weg nach Bondi Beach
da war es immer warm und schick
die Fische waren fit und quietsch-
fidel, und erst der Hammerblick!

Bald fand der Knurrhahn aber raus
dass selbst im fernen Paradies
die Welt genau so wie zu Haus
und viel zu wünschen übrig ließ

Der Speiseplan war so exotisch
und die Quallen höchst neurotisch
auch die Mieten viel zu teuer
und die Hitze ungeheuer

Der Sand am Strand war gar nicht fein
es gab kaum Platz am Meeresgrund
die Longdrinks eher fad und klein
und die Korallen? Echt zu bunt

Es gab nur Palmen und Kakteen
nicht mal einen Tannenbaum
You speak English? Nix verstehn
Weiße Weihnacht? Nur ein Traum

Er zog nicht nah, nicht weit vom Strand
in so ein Loch im Felsmassiv
und jeden Abend schimpft er dann
subtropisch, laut und intensiv

Kein Tiger ändert seine Streifen
kein Mensch kennt sich im Grunde aus
so mag ein Fisch ins Ferne schweifen
am Schönsten ist es doch zu Haus

DER KOI AUS OBERNKIRCHEN

Ein Koi aus Obernkirchen
trank gerne mal ein Bierchen
das wär normalerweise gar nicht schlimm
doch war das Bier ihm Medizin

Denn dieser Koi aus Obernkirchen
litt schrecklich unter seinen Härchen
die wuchsen spitz und ziemlich krumm
aus seinem Bart ums Maul herum

In diesen feinen, krummen Fängen
blieb der Bierschaum immer hängen
und wenn der Koi zu Mittag aß
im Barte mehr als Plankton saß

Das sah nicht appetitlich aus
und außerdem gings schwierig raus
die Haare, ach, sie piekten ihn
beim Schlafen und Spazierengehn

Nur wenn er Bier trank wie ein Fisch
soff er die Sache untern Tisch
doch langsam, und das wusste er
musste eine Lösung her

Und was hat er dann probiert
Schneiden, Zupfen, nass rasiert!
Mit Heiß- und Kaltwachs sich gequält
allein das Haar wuchs wie gestählt

Er ging sogar zu den Muslimen
wollte Schleier und viel Tuch
doch die sagten: Spinnse Ihnen?
Koi mit Bart ist grade gut!

Auch die lustigen Langusten
lachten ihn bloß leise aus
selbst die Schmerlen mussten prusten:
Du Fischkopp, mach das Beste draus!

Allein ein weiser alter Wels
nahm sich des Koifischs Kummer an:
Bartel heißen deine Haare
die sind für den Geschmack da dran!

Da endlich war der Koi sich sicher
zu irgendwas ist alles gut
und unter Meeresfruchtgekicher
schwamm er nach Hause, frohgemut

Es war schon spät in Obernkirchen
als er die Kneipe dann betrat
da sitzt er nun mit seinem Bierchen
– der da, mit dem Schaum im Bart

DIE KRAKE

Die kleine Krake Kasimir
ist ein bisschen schlicht
sie kann sich keine Reime merken
und auch kein Gedicht

Wal auf Aal, das ist zuviel
Hecht auf echt erst recht
Welle, Delle, Siel und Kiel
gehn auch eher schlecht

Not und Krake sind am Ringen
doch dann ersinnt sie eine List:
Immer einen Knoten schlingen
damitse keinen Reim vergisst

Heute ihr Gedichte glücken
und man lobt sie in der See
nur das Schwimmen kannse knicken
denn sie ist jetzt Makramee

LARS, DER LACHS

Lars, der Lachs war Kettenraucher
fand er gut, die andern nicht
warn sie cool und nass, so braucht er
Nikotin wie wahnsinnich

Lars der Lachs, an Land er rauchte
und die Luft bekam ihm nicht
jeder Zug ihn tierisch schlauchte
war ja Gift an und für sich

Und er stank auf zehn Seemeilen
gegen Strömung, Wind und Gischt
kam er, sah er Schatten eilen
von ihm weg floh jeder Fisch

Von dannen seine Freunde sprangen
Wellen tief und Flüsse hoch
und dann ließen sie sich fangen
als Lars grad anner Kippe zoch

DURCH DAS MEER

Es war einmal ein Fisch im Meer
dem wog sein Herz klabauterschwer
kein Schwärmen, Lachen, Singen
wollt ihm so recht gelingen
sein Blau war grau, kein Sonnenlicht
und sah er mal ein Fischgesicht
entfuhr ihm nur ein stilles Weh
– ihn dauerte die ganze See
Der Mut zur großen Angst ihn trieb
durch die Wellen tief und weit
jederzeit fürs Aus bereit, zog er
– und das konnte keiner ahnen –
über Jahre seine Bahnen
durch das Meer der Traurigkeit

DIE MEERJUNGFRAU

Sie träumte von Manolos
von Blahniks, Miu Mius
von Louboutins Stilettos
und goldnen Jimmy Choos

Von Peeptoes, Stiefeletten
von High- und Kitten Heels
doch Slingbackpantoletten
oh – die Höhe des Gefühls

Und jeden Abend weinte sie
im dämmerigen Glanz
Wie gerne hätt sie Füße
und nicht den doofen Schwanz

DER PHILOSOFISCH IM WINTER

Bin ich ich
ein Fisch, ein Floh
bin ich nich
in Wahrheit froh

Bin ich das Meer
bin ich die Flut
ist alles wahr
ist alles gut

Wo geht es hin
wer lenkt den Weg
bin ich schon tot
bin ich zu spät

Bin ich aus Eis
und Schnee gebaut
tut es wohl weh
wenn es mal taut

Will ich, will ich
will mich nur was
und wenns mich will:
was soll denn das

FISCHSTÄBCHEN III

Ein Fisch, er tauchte   im Meer
tief

er fand den Grund, den brauchte er

FISCHSTÄBCHEN IV

Matjes oder Bismarck? Was sollt der Hering geben?
Er konnt sich nicht entscheiden, da blieb er halt am Leben

AM POLARKREIS

Eben hatse noch getanzt
nun verrücktse schnell die Bahn
voller Galle sie dann ranzt
totsterbenskrank die Wellen an

Ihr innerliches Wetter gleicht
nem Pingpong zwischen Glück und Gram
Und kein Polarfisch sie beschleicht
weil Psychostress schlägt auf den Darm

Die finden vielmehr ihr Theater
weder irr noch wunderbar:
Sie war ein Fall für den Psychiater
– sie war nämlich bipolar

Ihr selber hilft das null und nada
sie lacht und heult und schmollt verletzt
zerrissen zwischen Welt und Hader
wie ein altes Fischernetz

Innen weich und außen Igel
ist ihr Herz aus Pergament
und Frau Polarfisch nur der Spiegel
für was man Global Warming nennt

DIE VERRENKTE RENKE

Es gab mal ne verrenkte
Renke mit nem Schwanz
der immer, wenn sie lenkte
blockierte, und zwar ganz

Sie ging zum Chiropraktiker
der drehte, schob und zog
der Schwanz wurd eher wackliger
und sie fand ihn zu grob

Sie suchte einen Yogi auf
der klärte ihren Flow
danach, da warse moody drauf
halt: Om? Nee! Padme? No!

Der Sportarzt schickte sie sofort
ne Runde in den Wald
die Renke wusste: Sport ist Mord
sie hat ihn gleich bezahlt

Ein Heiler kam mit hohler Hand
dem Kronenchakra nah
die Renke sah ne Feuerwand
das Steuer, es blieb starr

Sie spritzte sich Magnesium
nahm Voltaren und glitt
wie ohne Equilibrium
mit jeder Welle mit

Sie schwamm wie Free Jazz, synkopiert
so zackig und mit Schub
und Purzelbäumen variiert
die klappten plötzlich gut

Nun gabs da diesen Turnverein
den Nautic tsv
der fand die Renke ungemein
gelenkig und genau

So ging ein Monat in das Jahr
die Renke blieb verrenkt
Sie ist am Reck der Superstar
– wer hätte das gedenkt?

MEIN RIFF

EY DU BRUCHFISCH MACH DISCH LUFTISCH DAS
SCHTEIL, DANN GEHSTE, KRISS WAS AUF DIE D
KOMM ÜBER DISCH WIEN PANZER NELS, RÜCK
ZUM KNURRENDEN GURAMI, MACH DISH PLA
GIBTS'N EINKLANG, OHNE WENN UND LABER
MUDDA, HÄ – DU WOLLTEST NUR MAL F
WECH, DA? NIEDER SACHSEN, LANDKREI
FLÜSSICH? DANN MACH DIE KIEMEN Z

ER IS MEIN RIFF, VERSTEHSTE, HAST DU KEIN
SCHUBBE, MACH DISCH BULLJABÄSESUBBE,
ER FISCH, IN' SANDBANKFELS, ISCH WERD
IE EIN TSUNAMI, WEIL WENN ISCH RÄBBE
EIFANG, UND ISCH KLASPER DEINE
? SCHNEGGE, WO GENAU BIST DU VON
ECHTA? KANNS NUR HOCHDEITSCH ABER
UND KÜSS MICH!

KEEP IT GEIL

SAGT DER...

Sagt der Stremel zu den Groppen:
Ihr sollt nicht im Wasser poppen
Sagt ne Groppe zu dem Stremel:
Ätschmann, tun wir wohl, du Dämel

Sagt ein Streber zu den Blicken:
Würmer könnt ihr heute knicken
Sagt ne Blicke zu dem Streber:
Halt die Klappe, heut gibt's Leber

Sagt die Renke zu der Finte:
Komm wir gehen in die Pinte
Sagt die Finte: Spinnste, Renke
seit wann zahlste für Getränke?

Der Knabberbarsch sagt zu den Nasen:
Ihr sollt nicht durch das Wasser rasen!
Die Nasen riefen: Knabberbarsch
komm erst mal selber ausm ...

Sagt der Schwertfisch zu dem Boot:
Weiche, Elender, ich mach dich tot

Das Boot sagt: schwapp und schwipp und schwapp
und bricht dem Fisch die Nase ab

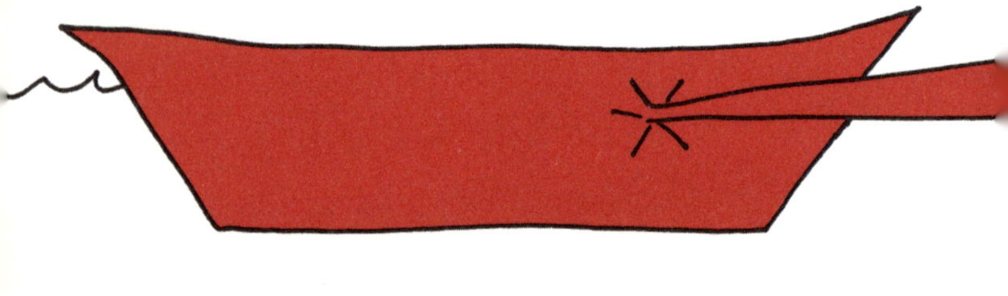

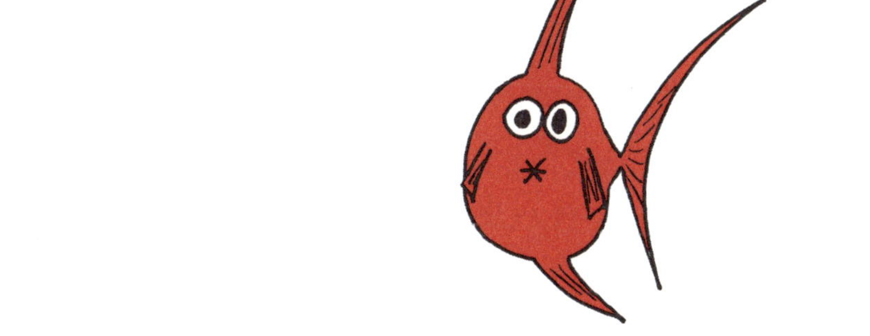

DAS GESTREIFTE SCHNEPFENMESSER

Das gestreifte Schnepfenmesser
stand schwebend in der Flut
mit kerzengrader Sorgfalt
es sich bewegen tut

Es hat auch viele Nachbarn
die hüpften auf und ab
und wenn sie mal nicht wach warn
da sanken sie hinab

Vom Taucher sah es erst die Füße
und zuletzt die Kamera
das lag an seiner Perspektive
die war etwas sonderbar

Es sah die Welt von unten
den Fischen auf den Bauch
und warn die mal verschwunden
sah es vom Boot den Bauch

Der Himmel ihm zu Füßen
und überm Kopf der Grund
schwebt es mit schönen Grüßen
verkehrtherum, na und?

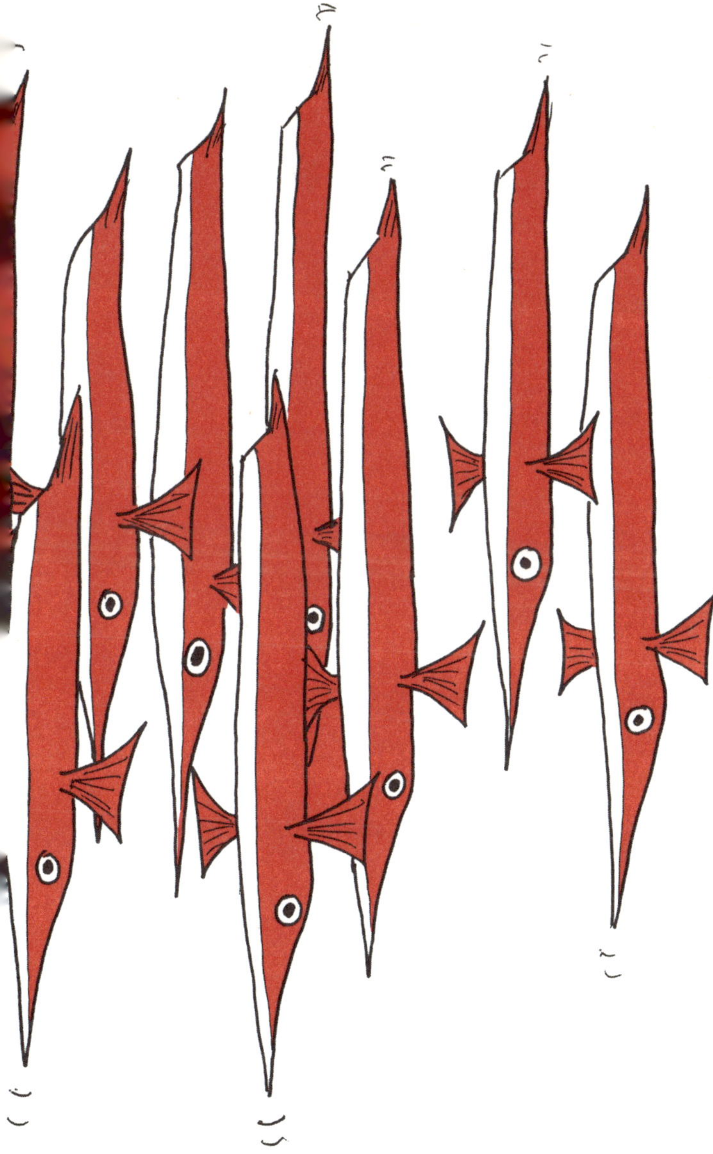

DER SCHWARM

Ein Hering schwamm ein Leben lang
mit ner Million Kollegen
und musste daher, Gottseidank
rein gar nix überlegen

Doch eines Tages, da nahm er
– der Schussel, der er war –
ne falsche Kurve im Verkehr
der Schwarm war nicht mehr da

So mutterseelnalleine stand
der Hering tief im Meer
und das war weit, der Arme fand
die Richtung bald nicht mehr

Alle Schuppen taten weh
und im Kopf es böse glomm
als sein Schwarm weit in der See
hinten um die Ecke schwomm

Wie ein Blitz er durch die Wellen
mit Karacho er da hin
und da fragten die Gesellen:
Wer bist du? Wo willst du hin?

Ich will mit, nur weg von mir
bat er zögerlich
doch der Schwarm ihn ignoriert
tat, als hört er nicht

Manchmal sieht er heut nen Schwarm
hell silbern glänzend ziehn
dann wird es ihm im Herz ganz warm
er schwärmt nun ohne ihn

Zimtseestern

DER STERNENGUCKER

Er sieht keine Algen
er sieht keinen Sand
er sieht keine Felsen
er sieht keinen Strand
Er schaut nur nach oben
ins Himmelszelt
auf dass ihm ein Stern
ins Auge fällt

FISCHSTÄBCHEN V

Der frühe Wurm, er fängt den Fisch
doch landen beide auf dem Tisch

Wie eine Stadt im Westen Amerikas
zu ihrem Namen kam:

TARPONENTANZ

Fielen Sterne in diesen Teich?
Baden die Monde des Jupiter
– stillen Giganten gleich?
Oder kamen vom Tannhäuser Tor
Neptuns Söhne schwimmend hervor?
Die stummen, metallenen Riesen
sie schauen und sie scheinen
Man könnte jetzt vor Schönheit
vielleicht mal ‘n bisschen weinen

DER TROPENFISCH

Ein Tropenfisch, sein Land verschwieg er
macht sich unter Wasser Luft
mit Gebläse protestiert er:
Der Weihnachtsmann, er ist ein Schuft
das ganze Fest Konsum und Kaufen
falsche Liebe, echter Schmuck!
Und ihr ertragt doch die Verwandten
auch nur mit ner Buddel Schluck
Kirche, Beten, Lichterlein
Lügen für die Fischelein
hört ihr nicht die Wale weinen
wenn ihr lebet, um zu scheinen?
So lamentiert der Tropenfisch
den keiner je zuvor gesehn
er fegt die Gaben von dem Tisch
und will grad wütend gehn
da fragt ein Karpfen provisorisch:
Woher stammet dies Gewinsel?
Es stellt sich raus, dass dieser Fisch
woher kommt? Von der Osterinsel!

FISCHSTÄBCHEN VI

Was machstn du da, Barracuda?

Ich weiß nich. Ich beiß dich

WEIHNACHTSKARPFEN

Am Weihnachtsabend
wenn die Bescherung längst gefeiert
wenn Kinderaugen
leuchtend in die bunten Fenster schauten
wenn liebe Lieder
leise aus dem Apparat geleiert
und unterm Baum
die Großen heimlich Legobagger bauten

Wenn junge Menschen
ihre Lust in wildem Tanz versenken
und andre ihren
Geist der Weihnacht im Gebet ermessen
dann treffen sie sich
endlich in den Schatten und sie denken
an ihre Brüder
Die wurden schändlich aufgegessen

AN DEN WEIHNACHTSMANN

Lieber guter Weihnachtsmann
schau mich nicht so böse an
Ich will ein liebes Fischlein sein
beiß in keinen Wurm mehr rein
Werd auch immer fleißig beten
und nie wieder Schollen treten
Und wenn ichs wirklich machen muss
kriegst du einen nassen Kuss

WINTERSCHLAF

Wenn der Frost die Nasen beißt
kalter Wind am Wasser reißt
wenn die Wellen hart wie Stein
Berge nur aus Eis gedeihn
sitzt am Grund des Meeres stumm
ein Atlantikdorsch. Warum?
Ach, er dreht sich nochmal um

Tannenzapfenfische

WOLFGANG NEUSS SEIN ZANDER

Der Zander war ein Eremit
und auch ein Misantrof
er war alleine aus Prinzip
denn Fische fand er doof

Er spürte, wie mit Echolot
Ideen in ihm versanken
er machte sich nie Abendbrot
er machte sich Gedanken

Er spielte mit Abstrakten
und fragte sich warum
war trotz der vielen Fakten
der Fisch nicht taub, doch stumm

Nun brachte ihn aus dem Konzept
ne Nachbarin im Fels
sie war redselig und sehr fett
ansonsten warse Wels

Die Nachbarin, sie nervte ihn
er floh, sie hinterher
er tauchte ab, sie folgte ihm
quasselnd durch das Meer

Verzweifelt sprang er dann an Land
Endlich bin ich allein!
Und hat beim Sterben noch erkannt:
Labern kann tödlich sein

Dank an

die Sprotten: *Mona, Ilka, Tina, Ulla, Christa, Uli, Rike, Peggy, Marie, Frau Leutz, Annika, Hömi, Bettina, Conny, Bea, Martina, Anna-Bianca, Katharina, Sarah, Maren, Norsin, Juliane, Marga, Anita und Anya*

die Hechte: *Jan, Herbert, Sven, Udo, Götz, Matze, Horst, Vincent, Yaneq, Axel, Dirk, Wolfgang, Artur, Kemper, Nils, Walter, Charlie, Dende und Rainer*

Niklas für Los, angel es – *und Giesela Weitholz für alles*

INHALTSVERZEICHNIS
in aalphabetischer Reihenfolge